Une place dans la cour

Une place dans la cour

Gaël Aymon
Illustré par Caroline Modeste

Conception graphique : Aude Cotelli

© Talents Hauts, 2011
ISSN : 1961-2001
ISBN : 978-2-36266-004-7
Loi n° 49-956 du 16 juillet 1949 sur les publications destinées à
la jeunesse
Dépôt légal : janvier 2011

Un nouveau
pas comme les autres

Ulysse, c'est le nouveau de la classe. Il est arrivé en cours d'année et il s'est tout de suite fait remarquer.

Dès le départ, ça a mal commencé. Devant le sapin de Noël de l'école, il a demandé le coffret « J'apprends à dessiner des chevaux » à la place du pistolet laser de l'espace. Tout le monde l'a regardé avec étonnement. La maîtresse lui a expliqué que les coffrets étaient pour les filles, mais Ulysse n'a pas changé d'avis.

Et puis, à la récré, Boris est venu lui proposer de jouer au foot dans son équipe, vu qu'il leur manquait un gardien depuis que Basile s'était foulé la cheville. Ulysse a juste répondu qu'il ne savait pas jouer au foot. Là, c'était la fin du monde !

Boris Balourd, c'est le garçon qui fait la loi dans la cour. Entre filles, on le surnomme Balourd-tout-court parce qu'il est aussi délicat qu'un bulldozer : il aboie au lieu de parler et frappe au lieu de réfléchir. Mais, comme il fait une tête de plus que les autres, les garçons feraient n'importe quoi pour être dans son équipe.

Balourd-tout-court a regardé Ulysse avec un air consterné et il a éclaté de rire. Les garçons sont allés jouer au foot avec un autre gardien. Ulysse est resté tout seul sous le préau. Et là, il a fait une chose absolument incroyable : il a traversé toute la cour, en passant bien au milieu, et… il est venu parler aux filles !

Pourtant, dans la cour, il y avait d'autres groupes de garçons : ceux qui jouent à se battre, ceux qui font des raids chez les filles pour faire des prisonnières, ceux qui collectionnent les cartes de catcheurs. Mais Ulysse n'est même pas allé les voir ! Il est allé droit sur le petit groupe de Clarisse, dans le coin près des toilettes. C'est mon groupe. On jouait à 1,2,3 Soleil.

– Salut! a-t-il lancé à Fatou et Suzie, comme si tout était normal.

Nous, on a retenu notre souffle. Qu'est-ce qui lui passait par la tête? On a regardé Clarisse. C'est la chef et on espérait

qu'elle allait nous montrer comment réagir. Ulysse a marché jusqu'à elle.

– Je peux jouer avec vous ?

Clarisse a pris son air sombre, celui qu'elle fait hyper bien, avec le regard par en-dessous et le menton vers le bas. Elle l'a regardé un moment sans rien dire. On attendait bêtement, comme des statues. Et puis elle a juste grogné :

– C'est bon.

Ulysse a souri et il est venu se placer derrière nous. Je dois dire que, moi, je n'étais pas très partante. Un garçon, ça ne joue pas pareil que les filles. Et on ne pourrait plus parler de trucs de filles tant qu'il serait là.

Pourtant, à partir de ce jour-là, Ulysse est venu jouer avec nous à chaque récré.

On a bientôt fini par oublier que ce n'était pas tout à fait normal. Le plus surprenant c'était Clarisse parce que, d'habitude, elle déteste les garçons. Mais Ulysse, elle l'avait tout de suite accepté. Du côté des garçons, cela ne plaisait pas à tout le monde. Et, bien sûr, Balourd-tout-court ne manquait pas une occasion de se moquer. Un garçon qui ne joue pas le jeu des autres garçons, c'était une menace pour son autorité. Et il a beau être aussi subtil qu'un burger-frites, il avait tout de suite compris ça.

La théorie
des mains sales

Ulysse nous a raconté que les garçons et les filles jouaient souvent ensemble, dans son ancienne école. Pour nous c'était un peu de la science-fiction, parce qu'ici, personne n'avait jamais vu ça. En fait, je me suis vite aperçue qu'il était trop cool. De nous tous, c'était le plus fort à l'élastique. Un jour qu'il était en

train de nous apprendre de nouvelles figures, le ballon de foot a atterri sur sa tête. On était habitués : ce ballon pouvait toujours tomber n'importe où et n'importe quand. On n'était à l'abri nulle part. Sauf que là, Ulysse s'est fâché pour de bon. Il s'est relevé en se frottant la tête et a lancé un regard furieux à Balourd-tout-court qui venait récupérer sa balle. Ulysse lui a crié dessus :

– Tu ne peux pas faire attention ?

– Oh ! Ma petite Ulyssette s'est fait mal avec la ba-balle ? a plaisanté Balourd-tout-court en direction des autres garçons qui se sont crus obligés de rire aussi.

Clarisse a bondi :

–La cour est à tout le monde ! Vous prenez toute la place avec votre foot !

Balourd-tout-court l'a regardée avec un sourire moqueur. Il a bombé le torse pour se faire menaçant. Clarisse n'a pas bougé. Elle a pris son air sombre (celui qu'elle fait hyper bien) et s'est avancée vers lui. Balourd-tout-court a serré les poings. On savait que Clarisse comptait sur sa vieille « théorie des mains sales » : elle disait toujours qu'un garçon comme Balourd-tout-court n'irait pas toucher une fille en public parce que, pour lui, c'était comme se salir les mains. N'empêche que sa théorie, on ne l'avait jamais vraiment vérifiée. Ils sont restés un moment face à face. Finalement, Balourd-tout-court a tourné le dos pour partir. Mais, brusquement, il a fait demi-tour pour venir frapper Ulysse sur la nuque.

Puis, il est reparti en courant derrière son ballon.

Ce jour-là, on a compris que, contre Balourd-tout-court, « la théorie des mains sales » marchait peut-être, mais pas pour Ulysse. Être un garçon, ça a beaucoup d'avantages, sauf contre les autres garçons.

Une salle à nous

– Une pièce de théâtre ?

Madame Cancalon nous regardait avec surprise. C'est Fatou et Clarisse qui avaient eu cette idée. On allait faire un spectacle pour l'école, avant les vacances de printemps.

– Eh bien, pourquoi pas ? a dit la maîtresse avec enthousiasme. Je dois en parler à la directrice, mais c'est une bonne idée. Quel sera le sujet ? Il ne faut pas que ce soit trop long…

– On a pensé à un conte de fées que tout le monde connaît, a répondu Clarisse.

– Très bien. Alors, nous en reparlerons quand vous aurez un peu préparé votre spectacle.

– Justement c'est le problème, ajouta timidement Clarisse. Il faudrait qu'on puisse répéter, préparer les costumes et les décors... Mais il n'y a pas d'endroit libre dans la cour ! Les garçons prennent toute la place avec leur foot.

Madame Cancalon a réfléchi :

– Hum ! On ne peut quand même pas empêcher les garçons de jouer au foot. Non, le mieux serait que l'on vous trouve une salle pour les répétitions. Ça ne devrait pas poser de problème.

C'était génial ! La maîtresse nous avait vraiment pris au sérieux. Dès le lendemain, elle nous annonçait que nous pouvions commencer à travailler dans l'ancienne salle de gym, pendant les récrés.

On s'est tout de suite mis au travail. Déjà, il fallait choisir un conte avec pas trop de personnages masculins, vu qu'on n'avait qu'Ulysse. On a pensé à Cendrillon. Avec le prince, la marraine, la marâtre et les deux sœurs, on avait juste le bon nombre de rôles.

Clarisse a choisi d'office de faire la marâtre, sauf qu'elle voulait aussi que ce soit une sorcière. Quand Clarisse voulait quelque chose, on s'y opposait rarement. De toutes façons, c'était son idée de faire le spectacle. On a donc un peu transformé l'histoire. Suzie était la marraine-fée qui affrontait la sorcière à la fin, dans un combat de sortilèges. Fatou faisait Cendrillon, Anaïs et moi les deux sœurs, et Ulysse le prince.

Dans la classe, les élèves ont vite été intrigués de nous voir nous absenter pendant les récréations. Le premier à être venu nous voir, c'est Driss, un des équipiers de Balourd-tout-court. C'était à la cantine.

– Il paraît que vous avez une salle de jeux rien que pour vous maintenant ?

– Ce n'est pas une salle de jeux ! C'est du travail ! On prépare une pièce de théâtre ! a répondu Clarisse avec agacement.

J'étais sûre que Driss allait se moquer. Mais il est resté devant notre table sans rien dire. Et puis, finalement, il a demandé doucement :

– Est-ce que je peux venir voir ?

On est tous restés bouche bée. Driss s'intéressait à nous ?

– J'en ai marre du foot. C'est toujours Boris l'avant-centre. Vous devez bien avoir besoin d'un garçon de plus dans vos histoires, non ?

– Pas du tout ! On s'est arrangés ! a répondu sèchement Clarisse.

Mais Ulysse a pris la parole :

– Si tu ne nous déranges pas, tu peux regarder.

Clarisse a serré les dents. Elle ne supportait pas qu'on prenne sa place de commandante. Elle a fusillé Ulysse du regard, puis elle a grogné :

– Je te préviens : si tu nous empêches de travailler, on te met aussitôt dehors !

Des répétitions mouvementées

Mais Driss ne nous a pas du tout empêchés de travailler. La première fois, il est resté silencieux tout le long des répétitions et il a juste demandé s'il pouvait revenir. Et puis, petit à petit, il a commencé à nous prévenir quand on ne voyait pas nos visages parce qu'on tournait le dos au public, ou que l'une de nous cachait les autres pendant qu'elle parlait. Il suivait les dialogues et nous les soufflait quand on avait un trou de mémoire. Il a même apporté un sac rempli de costumes marocains que sa mère lui avait prêtés. Les choses allaient encore mieux depuis qu'il s'était joint au groupe, et plus personne ne songeait à le mettre dehors. Quand la maîtresse est venue voir où on en était, elle a eu l'air très impressionnée. Elle nous a annoncé que nous pourrions donner une représentation dans la cour de l'école, devant toutes les classes, la veille des vacances de printemps.

Le temps a passé tellement vite qu'on s'est à peine rendu compte que les vacances approchaient déjà. On avait bien avancé mais il ne restait plus que deux

semaines avant le spectacle et le trac montait.

Et puis les ennuis ont commencé. Et, comme toujours, les ennuis s'appelaient Balourd-tout-court! Il est arrivé un jour dans notre salle. Driss déballait les costumes. Balourt-tout-court est allé vers lui avec un air méchant :

– Alors? Il paraît que tu fais du théâtre?

On avait découvert que Driss était beaucoup plus gentil qu'on ne l'imaginait. Mais, face à Balourd-tout-court, il a fait comme tous les garçons : il a baissé la tête et il n'a rien dit. Balourd a regardé les costumes dorés que Driss était en train de sortir de son sac de sport.

– Ah! C'est pour ça que tu as arrêté le foot, alors? Pour porter de jolies robes

à paillettes ? Une vraie petite Ulyssette, dis donc ! Je crois qu'on va bien rigoler, le jour du spectacle. Est-ce que tu m'invites à prendre le thé avec tes nouvelles copines ?

À ce moment, la maîtresse est entrée dans la salle et il y a eu un grand silence.

31

– Tiens, Boris ! Tu as rejoint la troupe ? a demandé Madame Cancalon.

– Moi ? Non ! Je passais juste dire bonjour à mon pote. Hein, Driss ?

Driss a bêtement hoché la tête et Balourd-tout-court est sorti. On a essayé de reprendre les répétitions, mais le cœur n'y était plus. On voyait bien que Driss avait perdu son enthousiasme. Il ne relevait plus nos fautes quand on se trompait. Bref, il avait honte. Du coup, on commençait tous à se déconcentrer et le résultat était désastreux.

Le lendemain, ce qu'on redoutait arriva. À la sonnerie, Driss est parti jouer au foot avec ses anciens copains, sans un regard ni une explication. On a rejoint notre salle en silence et on s'est remis au travail sans conviction. Brusquement, au milieu d'une scène, Ulysse a coupé Fatou :

– C'est fini ! On n'y arrivera pas ! Fatou, tu as le premier rôle et tu n'es pas capable de retenir ton texte ! Le combat entre la fée et la sorcière est ridicule ! Et, de toutes façons, mon rôle est nul ! Je dois juste chausser Fatou et danser avec elle !

Quand Ulysse baissait les bras, c'était vraiment mauvais signe. Personne n'osait rien dire. Heureusement Clarisse a pris la parole calmement, sans se mettre en colère :

– Écoute, Ulysse. Si tu veux aller jouer au foot, vas-y ! Nous, on ne laissera pas tomber. Le jour du spectacle, pour la première fois, on va avoir la cour pour nous toutes seules, et tout le monde va regarder ce qu'on sait faire. Alors, fais ce que tu veux mais, nous, on continue.

Ulysse a regardé ses pieds. Puis il a dit :

– On continue !

La bagarre

Une semaine avant les vacances, Madame Cancalon a annoncé à la classe que nous allions faire notre spectacle le vendredi, avant la sortie de l'école. On était partagés entre une grande fierté et une peur affreuse. Évidemment, il y a eu quelques garçons pour ricaner :

– C'est Ulysse qui va faire la princesse ? Hi, hi, hi !

Le plus triste, c'est que Driss était parmi eux ! Il avait vraiment choisi son camp. Quelle déception ! Balourd-tout-court a protesté :

– Et notre tournoi ? Où on va jouer si elles prennent toute la cour ? Tout le monde n'a pas envie de regarder leur truc !

La maîtresse a répondu que, pour une fois, on ne jouerait pas au foot.

– Tes camarades ont travaillé dur pour présenter ce spectacle, nous serons contents de voir le résultat. Toute l'école sera là.

– Le dernier jour avant les vacances ! C'est trop nul !

Mais le pire restait à venir. À la sortie de la cantine, Balourd-tout-court est venu vers nous. Il avait son air le plus dangereux : son air gentil.

– Salut les filles ! On voulait vous de-

mander : ça ne vous dérangerait pas de repousser votre spectacle à la rentrée ? Comme ça, vous aurez un peu plus de temps pour répéter. Et nous, on pourra faire notre tournoi.

– On n'a pas choisi le jour ! Tu n'as pas entendu ce qu'a dit la maîtresse ? a répondu Ulysse avec agacement.

– N'empêche que, d'après ce que Driss nous a dit, maintenant qu'il vous a lâchées, ça ne vous ferait pas de mal d'avoir un peu plus de temps pour vous préparer...

On a regardé Driss avec reproche. Il a baissé les yeux, comme d'habitude. Clarisse nous a fait signe de les laisser. Ce n'était pas la peine de perdre notre temps avec ces idiots. Mais Balourd-tout-court a brusquement agrippé Ulysse par l'épaule :

– Hé ! Quand je parle, j'aime bien qu'on me réponde !

Ulysse s'est dégagé en le repoussant. Balourd-tout-court a sauté sur l'occasion :

– Tu veux te battre, c'est ça ? Ce débile, il a voulu m'envoyer dans le mur !

Les garçons ont rapidement formé un cercle autour d'eux. Ulysse se sentait piégé! Comment éviter la bagarre? Balourd-tout-court s'est jeté sur lui. Pendant que Suzie courait prévenir le surveillant, Clarisse a bondi à l'intérieur du cercle et a commencé à frapper Boris de toutes ses forces. Il était tellement surpris qu'il a lâché Ulysse. Il est resté bouche bée face à Clarisse pendant un instant. J'ai prié pour que « la théorie des mains sales » marche encore. Mais, cette fois, Balourd-tout-court était hors de lui. Il a attrapé Clarisse par le bras et a commencé à la faire tourner autour de lui à toute vitesse pour la faire tomber. On n'arrivait plus à les approcher. Alors Ulysse a eu l'idée d'attaquer très fort. Il a pris son souffle et s'est mis à hurler :

– BORIS AIME CLARISSE !!! BORIS EST AMOUREUX !!!

Pour Balourd-tout-court, on ne pouvait pas imaginer pire insulte. Rouge de honte, il a lâché Clarisse qui est allée s'écraser par terre, un peu plus loin. Deux surveillants sont arrivés en poussant tout le monde. Le premier a emmené Balourd dans un coin pendant qu'on allait voir Clarisse avec l'autre. Elle gémissait de douleur en se tenant le bras. On s'est regardés avec Ulysse. On pensait la même chose.

Le spectacle

Nous étions dans la salle de répétition quand madame Cancalon est venue nous annoncer la nouvelle : Clarisse avait une fracture du radius. Selon elle ce n'était pas une blessure si grave que ça. Mais Clarisse n'allait pas revenir à l'école cette semaine.

– Ne faites pas cette tête, a-t-elle dit. Ses parents étaient très rassurants. Elle va nous revenir en pleine forme après les vacances, avec un joli plâtre !

On s'est tous regardés en se deman-
dant si c'était vraiment une bonne nouvelle.

– Ils ont précisé qu'elle vous disait de
ne pas vous en faire. Et aussi que vous ne
deviez pas laisser tomber le spectacle.

– Mais, sans Clarisse, ce n'est pas possible ! s'est écrié Ulysse. Elle avait un des rôles les plus importants !

– Vous pourriez peut-être la remplacer ?

– Le spectacle est dans deux jours !

– L'un de vous ne peut-il pas faire deux rôles à la fois ?

On a réfléchi un instant.

– Ce n'est pas possible ! a dit Anaïs. Clarisse jouait des scènes avec tous les personnages ! On ne peut pas jouer deux rôles en même temps !

– Effectivement, a admis la maîtresse. C'est impossible… Il n'y a personne d'autre qui connaisse son rôle ?

– Si, moi !

On s'est retournés : Driss se tenait dans l'encadrement de la porte. Il s'est avancé vers nous sans oser nous regarder.

– Je connais tous les rôles par cœur.

– Mais tu ne peux pas faire la sorcière ! s'est exclamée Fatou.

– Pourquoi pas ? Vous avez une autre idée ?

On est restés un peu sceptiques. Driss en sorcière, ce n'était pas prévu.

– Bon, on se met au travail ? a demandé Driss.

Brusquement, on s'est réveillés. Il ne fallait pas laisser Balourd-tout-court gâcher la fête. Maintenant, toute l'école attendait notre spectacle.

Et puis le jour J est arrivé. Les adultes avaient placé des bancs dans la cour. Je n'aurais jamais cru qu'il y avait autant d'élèves dans notre école. Des CM2 avaient aidé à mettre en place la scène et les décors. On était tellement angoissés qu'on en avait la gorge nouée. Boris boudait seul au fond de la cour. Depuis la bagarre avec Clarisse, il avait été convoqué chez la directrice. Du coup, plusieurs garçons avaient quitté son équipe de foot. Il ne nous embêtait plus mais il n'avait pas l'intention de faire la paix et on redoutait qu'il ne gâche le spectacle.

En écartant un peu le rideau, Ulysse a aperçu les parents de Clarisse qui venaient s'asseoir avec elle au premier rang! Elle avait un bras dans le plâtre et l'air aussi angoissé que nous. La nouvelle nous a redonné du courage. Il fallait être à la hauteur de ses espoirs! Madame Cancalon a fait retentir la sonnerie. C'était à nous! Dans un silence total, Fatou a commencé seule sa première scène. Finalement, elle est revenue derrière le décor en soufflant:

– Je crois que ça va. Ils écoutent tous.

On était soulagés. Mais comment Driss allait-il être accueilli en sorcière ? Et si Boris décidait de tout faire rater ? Pourtant, rien de tout cela n'arriva. À la surprise générale, Driss s'est révélé un véritable acteur et une sorcière parfaite !

Le public était si enthousiaste qu'on a même rallongé le spectacle en improvisant de nouveaux épisodes. À la fin, Clarisse s'est levée pour nous applaudir en tapant de la main sur son plâtre. Les autres spectateurs se sont levés aussi en criant bravo! On avait gagné notre pari!

Pendant qu'on saluait le public avec bonheur, j'ai aperçu Boris qui grimaçait dans son coin. Et j'ai pensé qu'il serait bien malheureux à son tour, le jour où il aurait envie que des filles s'intéressent à lui. Parce que, ce qui était sûr, c'est que les filles l'appelleraient Balourd-tout-court pendant encore très longtemps!

Table des matières

Dans la même collection

- *Le domaine des dragons,* Lenia Major, Marie-Pierre Oddoux
- *On n'est pas des mauviettes,* CÔA !, Emmanuel Trédez, Marie Morey
- *Je veux une quiziiine !,* Sophie Dieuaide, Mélanie Allag
- *Ma mère est maire,* Florence Hinckel, Pauline Duhamel
- *Inès la piratesse,* Pascal Coatanlem, Laure Gomez
- *La joue bleue,* Hélène Leroy, Sylvie Serprix
- *Une fille tout feu tout flamme,* Nathalie Somers, Sébastien des Déserts
- *Le maillot de bain,* Florence Hinckel, Élodie Balandras
- *Blanche et les sept danseurs,* Gwendoline Raisson, Ewen Blain
- *Un copain de plus,* Agnès Laroche, Philippe Bucamp
- *Les lutines se mutinent,* Sophie Carquain, Ewen Blain
- *Grignote, une souris pas idiote,* Christian de Calvairac, Marie Morey
- *Morgause,* July Jean-Xavier, Anne Duprat
- *Club poney et clan vélo,* Léna Ellka, Caroline Modeste
- *Les petites filles top-modèles,* Clémentine Beauvais, Vivilablonde
- *Philo mène la danse,* Séverine Vidal, Mayana Itoïz
- *Doli, Indienne Pikuni,* Pascal Coatanlem, Laure Gomez
- *Joli-Cœur,* Jo Witek, Benjamin Strickler
- *La liste de Noël,* Nathalie Leray, Christine Circosta
- *Combinaison gagnante,* Jane Singleton Paul, Sébastien des Déserts
- *Les lutines au camping,* Sophie Carquain, Ewen Blain
- *L'hippopotin,* Sandrine Beau, Hajnalka Cserhati
- *Abeba et le roi vorace,* Agnès Laroche, Mayana Itoïz
- *Alex l'extraterrestre,* Emmanuel Trédez, Élodie Balandras

Achevé d'imprimer en Italie par ERCOM